사랑합니다
축복합니다
응원합니다

계봉이 드림

때론 시간이 필요하다

여호와는 나의 목자시니 내게 부족함이 없으리로다

그가 나를 푸른 풀밭에 누이시며 쉴 만한 물 가로 인도하시는도다

[시편 23 : 1,2]

늘 조급증이 있다

빨리보다 멀리라고 외치면서

정작 삶은 늘 조바심이다

여유가 없다

느긋한 여행처럼 살고 싶지만

늘 현실은 핑계거리를 준다

더 많이 보고

더 많이 느끼고

더 많이 배우며 살고 싶다

그리고 더 많이 사랑하고 싶다

세월을 아끼는 방법이

더 많이 사랑하는 것이다

더 많이 나누는 것이다

더 많이 안아 주는 것이다

언젠가는 떠날 것이다

아끼던 모든 것도

지겹던 이 땅 삶도

후회없이 가야한다

맡기신 일 잘 하다가

부르시는 날

툭툭털고

감사했다 인사하고

가볍게 떠나고 싶다

사랑만 남기고

섬김이 **최복이** 드림

Contents

1부_ 축복詩

2부_ 사랑詩

바람은 하늘 일이지만
연을 잘 날리는 것은 우리 일이다
우리 삶은 연 날리기다

때론 시간이 필요하다

길게 설명하지 마라
참고 기다리라
애써 주장하지 마라
시간이 확실히 변호할 것이다
옳고 그름은
말에 있는 것이 아니라
결과에 있다
살다보면 설명 불가
진실 왜곡의 상황을 만난다
잠잠히 참고 의지하라
주는 살아계시고 다 보고 계신다
잠시 시험과 훈련일 뿐이다
반드시 결과로 드러난다

진실은 더욱 분명해진다
성장과 성숙은
기다림
깊은 시련에서 온다
때론 시간이 필요하다

주를 만난 사람

포기하지 않는다
멈추지 않는다
주저앉지 않는다
열정이 샘솟는다
끝없이 도전한다
일을 쉽게 한다
지치지 않는다
성령의 불이 타오른다
순교적 각오가 생긴다
복음의 능력을 입는다
오직 말씀 따라 순종한다
초자연적 은혜를 경험한다
주를 만난 사람은 한계가 없다

접붙임

이름도 성도 모르는 나무의
작은 가지에 불과했다
오직 은혜로
포도나무에 접붙임을 받는
놀라운 기적이 일어났다

당연히 오래된 악한 습관
깊이 박힌 쓴 뿌리들
곳곳에 남은 상처의 흔적들
잘라내고 다듬어지는
인내와 고통의 과정이 필요했다

풍성하고 향기로운 유익한 열매
마음 속에 그리고 바라보고
갈망하고 사모했다
그 마음의 동기를 귀히 여겨 주셔서
끝까지 견디도록 도와주셨다

풍성한 열매가 가지에 맺혔다
오직 포도나무에 접붙임
그 조건 하나로 맺은 열매다
포도열매는
그저 포도나무의 소출이다

열매의 기쁨도 잠시
잘 익은 열매를 으깨고 짓이기라 하신다
형체도 없이 짓밟아서 뭉게
즙으로 짜내는 과정
또 그 고통을 견디어내야 포도즙이 된다

잔치상에 오른다
성찬식에 오른다
진한 향취와 맛이 풍부한 포도주
사람들에게 유익을 주고
주께서 친히 쓰시는 도구가 된다

연날리기

바람이 불 때야 연은
높이 높이
멀리 멀리 날 수 있다
연 줄을 길게 준비해야 한다
연줄만큼 올라간다
기회는 준비한 자에게 온다
기회는 위기처럼 가장해서 온다
깨어 있어야 알아볼 수 있다
바람 불 때
연은 더 높이 더 멀리 오른다
우리 인생은
때가 있고 기한이 있다
바람은 하늘 일이지만
연을 잘 날리는 것은 우리 일이다
우리 삶은 연날리기다

새 술 새 부대에

새 시대를 여소서
새 일을 행하소서
새 길을 내소서
새 역사를 쓰소서
새 술 새 부대에 담으소서

새 능력을 주소서
새 그릇으로 만드소서
새 힘을 주서서
새 도구가 되게 하소서
새 옷을 입혀 주소서

글의 힘

글도 주가 도구로 쓰신다
글도 힘이 있다
마음을 움직인다

치유와 회복을 시킨다
위로와 격려가 된다
생명을 소생시킨다

글이 다니며 일한다
복된 소식을 전한다
삶을 변화시킨다

목적은

문제의 목적은 성장이다
성장의 목표는 관계도
친밀도 의존도 신뢰도 높이기다
인생의 생사화복의 주권자는
문제의 주관자이시다

문제의 난이도는 그분 의지다
지금 필요하고 유익한 문제를 주신다
반드시 주의 도움을 구해야 한다
문제를 바라보는 것이 아니라
그분의 뜻을 구해야 한다

그분의 기대와 목적은

주를 의지하고 신뢰하는 것이다

더욱 깊은 친밀도를 원하신다

그것이 곧 능력과 지혜이다

결국 문제는 주께 속한 것이다

삶의 핵심 단어

사랑 은혜 감사
평안 기쁨 자유
긍휼 공의 겸손
복음 생명 구원

결코 내 안에 없는 것들이다
주께로부터 받아야 하는 것들이다
자체 생성하지 못하는 것들이다
내 안에 선한 것은 하나도 없다
전심으로 사모하고 구할 때
하늘부터 내려오는 은혜다
주가 내 안에 오실 때
갖고 오시는 선물이다
간절한 무릎에 풍성히 부어진다
오늘도 그 약속을 믿고 몸부림친다

인생의 핵심 가치

합력해 선을 이루는 것
생명을 살리는 것
아끼는 것을 나누는 것
먼저 섬기는 것
타인을 위해 시간을 내어주는 것
복된 소식을 전하는 것
이웃을 내 몸 같이 사랑하는 것
마음과 목숨을 다해 주를 사랑하는 것
삶으로 주를 나타내는 것
인생의 핵심가치에 명중하는 것

내 삶의 동력

내 삶의 동력은 사랑이다
하늘로부터 받은 사랑
내가 사랑해야 하고
살아가는 이유가 된다
생명을 내어주신 그 사랑
은혜의 빚진 자
생명을 사랑해야 할 거룩한 책무
푯대를 정하고 달려간다
십자가의 사랑
십자가의 소망
내 삶의 동력이다

가끔은

가끔은 기억해야 한다
기쁜 것도 아픈 것도
살아온 흔적은 믿음의 역사다
이끄심의 과정이고
그분의 시간대에 있기에
가끔은 되돌아봐야 한다
초심을 기억하는 것은 유익하다
삶에는 잊어도 좋은 것도 있고
늘 기억하고 새겨야 하는 것도 있다
가끔은 하늘도 보고
그분의 은혜의 손길을
늘 기억해야 한다

삶으로

삶으로 말해야 한다
진실 없는 말의 홍수
난무하는 세상 유혹
잘 포장된 인격
위험하고 혼란한 이 세상
선함과 의로움과 진실함
그 빛의 열매로
어둠을 덮어야 한다

위기는 기회로 바꿀 수 있다
선한 양심을 찾아야 한다
주의 형상을 회복해야 한다
복음의 소망을 붙잡아야 한다
오직 주와 연합되어야 한다
삶으로 주를 나타내야 한다
삶으로 복음을 전해야 한다
결국 내 생명이 밀알이 되어야 한다

사는 길

내가 사는 길은
내가 죽는 길이다
내 안에 내가 너무 많다
펄펄 살아서
나를 얽어매고
붙잡고 흔들고
원치 않는 곳으로
이리저리 끌고 다닌다

생살을 떼어 내는 고통이지만
잘라내고 뽑아내야 한다
제거하고 죽여야 산다
오래된 상처 원망 분노 의심
자기연민 자기의 자기애
육신의 정욕
안목의 정욕
이생의 자랑......

자기를 처절히 부인해야 한다

나는 아무것도 아니다

오직 내가 살 길은

그리스도께서 내 안에 주인 되시는 것

오랜 된 쓴 물을 쏟아내고

선하고 복된 단물

오직 복음의 능력

십자가의 사랑으로

넘치도록 채우는 것이다

철철 흘러 넘쳐 세상을 적시도록

아버지

아버지가 진정 기뻐하시는 자녀는

대단히 성공한 자녀도 아니고

돈을 많이 벌어

헌금 많이 하거나

똑똑하고 잘난 자녀도 아니다

세상에 명예를 드러내고

업적을 많이 쌓은 자녀도 아니다

많은 값진 선물을 올려드리는

자녀는 더욱 아니다

어버지 뜻을 잘 알고
아버지를 전심으로 사랑하는 자녀
최우선 순위로 아버지께
소중한 시간을 내어 드리고
아버지의 존재 얼굴을 구하는 자녀
아버지의 말씀을 청종하는 자녀다
아버지를 의지하고
늘 가까이 하고
자주 자주 마주 앉아
도란도란 얘기 나누는 자녀다

현실은 사실

찬양하고 기도하고 묵상할 때는
천사처럼 정결하게
구별되어 살 것 같지만
발 앞에 펼쳐진 현실은
고상한 삶을 허락하지 않는다
지겨운 문제들로 가득 차 있다
전혀 아름답지도 시적이지도 않는다

현실은 사실
처절한 전투 생존 게임이다
그래도 주 뜻대로 살라 하신다
뱀같이 지혜롭게
비둘기 같이 순결하게
어떻게 그렇게 살 수 있을까
적당히 타협하고
적당히 유연하게 살라 속삭인다

어지럽고 혼란한 세상에

주의 제자로 산다는 것은

한없이 고독한 투쟁이다

오직 복음의 능력으로 승리할 수 있다

주께 받은 실력을 드러낼 때이다

어둠을 맞서서 어둠을 걷어내는

주의 빛이 되라 하신다

주께서 함께하셔야 기능하다 임마누엘

나의 창조자 나의 아버지

이런 초자연적 기적이 있을까
이런 신비로운 축복이 있을까
이런 크고 놀라운 비밀이 있을까
이런 풍성하고 은혜로운 선물이 있을까
이런 초월적 감격적인 관계가 있을까
나의 창조자 나의 하나님
나의 사랑 나의 아버지

전례 없는 축복

주께서 내 안에 임재하실 때
전례 없는 축복
천국을 미리 맛볼 것이다

주께서 함께하실 때
다윗처럼
어디를 가든 승리할 수 있다

주께서 함께하실 때
세상이 줄 수 없는 만족
참 기쁨을 누린다

주와 동행할 때
근심 걱정 두려움 사라지고
절대 평안이 임한다

주께 붙어 있을 때
나누어 주고도 남는
풍성한 열매를 맺을 수 있다

주와 연합할 때
복음의 능력
복음의 축복이 내려온다

주와 연결 될 때
배에서 생수의 강이 흘러
선한 일을 시작할 수 있다

주의 마음과 일치할 때
긍휼과 자비 겸손과 온유
강하고 담대함 주의 모습 닮는다

찾으시는 한 사람

주께 온전히 집중하라
성령의 기름이 부어지는 시간
주의 능력이 임하는 시간
주를 독대하는 시간
주의 얼굴을 구하고
주의 존재를 사모하라
말씀을 마음 판에 새기라
주의 임재를 사모하라
삶의 우선순위를 정하라
전심을 올려 드리라
기도의 시간을 확정하라
세상이 감당치 못할 자로 서리라
주가 찾으시는 한 사람이 되리라

성공의 선순환

사랑해야 성공한다
자기 일을 사랑하고
일감을 사랑해야 한다
소비자를 사랑하고
상사 동료를 사랑하고
협력자를 사랑하고
진심으로 존중해야 한다
그리고 가족을 사랑하고
소외된 어려운 이웃을 섬겨야 한다
내가 먼저 사랑해야
사랑이 돌아온다
성공의 선순환이다
사랑할 때
성공이 지속가능하다
결국 사랑이 답이다

포도주가 되려면

풍성한 열매면 족하다 했다
주는 포도주가 되어
부어지라 하신다
성찬에 오를 포도주
잔치에 유익한 포도주
밟히고 으깨져야 한다
물론 포도가 잘 익어야
잘 으깨진다
맛도 풍부하다
더 짓눌리고 깨질수록
진한 풍미가 더해진다
포도열매는
이렇게 포도주로 빚어진다
그리고 주님나라 천국잔치에
떡과 포도주로 쓰인다

일에 대하여

주 안에서 일하는 기쁨과
땀 흘리는 수고
심은 대로 거두는 진리
순응하며 사는 것이 참 지혜다

다스리고 정복하는 권세도
창조세계를 관리하는 청지기 직무도
주께 부여 받았다
이 땅 일은 모두 주께 속한 것이다

하나님의 친히 다스림과 이끄심에
성실하고 정직하게
동참하고 동역하는 일꾼
우리의 마땅한 책무다

그 부르심과 맡기심에
기뻐 뛰며 즐거이 감당할
주의 나라 사명이다
주안에 모든 일은 신성하고 고귀하다

최종 목적지

빨리 보다 멀리 보라
목적지를 확실히 정하라
헛수고를 막는다
인생은 양보다 질이다
정확한 방향이다
좀 더딘 듯해도
정확한 푯대를 확정하고 가라
천천히 꾸준히 가는 자가 승리한다
그의 나라와 그 의
인생의 최종 목적지로 둔 자
모든 것을 더하시겠다는 말씀
절대 신뢰하라
그 약속 성취의 기쁨까지
천국의 부요함을
이 땅에서 맛볼 것이다

명령은 사랑이시다

주의 뜻을 따르고
순종을 선택하면
축복을 받을 것이다
주의 뜻을 어기고
불순종을 선택하면
진노를 받을 것이다
아버지의 마음은
평안이지 재앙이 아니시다

명령은 간단명료하다
모호하거나 복잡하지 않다
사실 아버지의 명령은
어려운 것도 아니요
먼 것도 아니다
명령은 사랑이시다
아버지의 선함과 옳음은
영원불변의 진리시다

네 소원대로 허락하고

높이 높이
멀리 멀리
네 비전을 펼쳐라
네 뜻을 이루라
사명에 집중하라
주가 동행하신다
주가 이끄신다
온 열방이 무대다
네가 보는 땅을 취하라
복음의 깃대를 꽂아라
십자가의 능력으로 덮으라
주의 나라를 확장하라
주의 사랑으로 물들이라
네 소원대로 허락하고
네 모든 계획을
이루어 주길 원하노라

먼지보다 가벼웠다

아무것도 몰랐을 때는
우주 먼지보다 가벼웠다
보혈의 핏값으로
나를 사신 것을 알기 전에는
정말 그랬다
존재의 가벼움에 많이 고독했다
살 소망이 끊어진 것을 경험했다
이제는 나는 천하보다 귀하다
우주 창조자의 자녀가 되었다
질그릇에 보배가 담겼다
이 놀라운 신비
형언할 수 없는 감격
주변 상관없이 기쁘다
요즘 자주 내가 낯설다

붙어 견디기만 하면

오직 포도나무에 붙어
잘 견디고 버티어 내는 것
열매 맺는 유일한 길이다
내 안에 많은 나를
정결케 비워내고
주께 접붙임 받는 것
환경이 어떻든
부모가 어떻든
상관없다
비바람 불어도
어떤 공격이 와도 괜찮다

오직 주로부터 산소를 공급받아

호흡이 끊어지지만 않는다면

떨어지지 않는 열매

어마어마한 열매

끝까지 가지에 붙어 견디기만 하면

세상이 감당 못할 열매로

기뻐 뛸 날이 올 것이다

아무것도 없다

자기 의로 여겼던 모든 행위들
십자가 아래 내려놓았다
자기를 사랑했던 오래된 습관들
오래도록 아물지 않던 상처들
단단한 쓴 뿌리들
끈끈한 자기 연민
보혈의 피로 씻어 주셨다
무엇인가 할 수 있을 것 같던
다른 사람보다 낫다고 생각했던
모든 자기중심성
자아도취 자기착각을
성령이 불로 태워 주셨다
이제 아무것도 없다
나는 죽었다
그래서 주께서 내 안에서 일하신다

화목할 때

오직 주와 화목할 때
진정한 평안이 온다
사람들과 화평으로 이어진다
주의 임재는 평안이다

거룩을 사모하고
주를 전심으로 사랑할 때
주의 임재 안에
참 평안이 온다

주의 말씀을 청종하고
주를 전적으로 의지할 때
주의 임재 안에
초자연적 기쁨이 온다

오늘도 동행중이다

주께서 어느 날 내게 찾아 오셨다
이 사건은 혁명이다
내 인생을 송두리째 바꾸어 놓았다
인생과 목숨을 걸만한 가치의 발견이다

우주만물의 창조자
인생 생사화복의 주관자
무소부재 전지전능하신 절대 주권자
주의 영을 실제로 만난
내 인생일대 최대 최고의 사건이다

그리고 구원의 비밀
십자가 보혈의 대가로
내 생명을 살린 사실을 인정하고
드러난 죄악덩어리
나의 실체 앞에
회개의 통곡이 터졌다

그 은혜에 감격으로
목숨까지 드리겠다 아뢰었을 때
주께서는 밀알이 되라 하셨다
그리고 오랜 연단과 시험과 훈련을 통해
밀알이 되어가도록 이끄셨다

그리고 본을 선물 주셨다
주의 제자로
근본 원본 표본이 되신 주를 본받으라 하셨다
그리고 섬김의 직분을 명받았다
어려운 이웃을 섬기고
선교사의 발을 닦으라 하셨다
본죽 본사랑 본미션 행보다

나는 스스로는 아무것도 할 수 없는 존재다
오직 주께 붙어서만 모든 것이 가능하다
나를 죽이고 오직 주만 내 안에 주인 되실 때
주의 능력이 흘러나온다
나는 과분하게도
그저 쓰임 받는 기쁨을 누릴 뿐이다
이 세상 끝날 때까지 함께하신다는
그 약속을 절대신뢰하며
순종과 섬김으로
오늘도 동행중이다

주권적 은혜

어떤 열정이 있어도
어떤 도전으로도
어떤 끈질긴 노력으로도
스스로 제자가 될 수 없다

너희가 나를 택한 것이 아니요
내가 너희를 택하여 세웠나니
초자연적 부르심에
순종으로 반응할 수 있을 뿐이다

나의 성향을 바꾸시고
주의 성향을 넣어 주실 때
어떤 압제와 불의에도 분노하지 않고
산상수훈 앞에 제자로 설 것이다

세상 어떤 역량으로도 안 된다
오직 주와 인격적인 관계
주의 제자는 주권적 은혜로만 세워진다
내가 너를 지명하여 불렀나니 너는 내 것이라

사랑이었다

우리는 수많은 문제 속에
정답을 찾아 살아간다
성공하기 위해
행복하기 위해
책을 읽고 강의를 듣고
기도를 한다
그리고 죽도록 일한다

진리는 심플하다
아주 가까이 있다
영원불변의 법칙이다
신이 제시한 정답은 명확했다
이 땅 가장 아름답고 선한 가치
우리의 창조 목적
사랑이었다

시대가 바뀌고

권력자가 바뀌고

유행이 바뀌어도

하늘의 진리는 더욱 선명해질 뿐이다

진정한 성공과 행복의 근원

치유와 회복, 위로와 소망

사랑이었다

고향의 뜰

고향의 빈 뜰에 서니
추억이 아리다
아무도 남아 있지 않는 그곳이
자꾸 그리운 것은 회귀본능일까
아프고 힘들고 곤고한 시간이
자꾸만 고운 채색을 입는다
기쁘지 않은 기억이지만
부정적이든 긍정적인 것이든
내 삶이 시작된 곳이기에 의미가 있다
이제 뒤돌아보지 않고 가야하는 군사로 사는 삶
소를 잡고 쟁기를 태워버리고 나선 선지자처럼
아리고 아픈 간증이 되어버린 고향
절대 주권자의 뜻과 계획에 있던 그 시간
그래서 버릴 수 없는 시간이다
이끄심의 은혜가 서리서리 시작된 곳
고향의 뜰은 구원자의 옷자락이 스치던 시간이었다
그것만으로 충분히 아름다운 고향이다

여전히 유효하다

나의 믿음의 뿌리는 시어머니시다
서른여섯 청상이 되셔서
평생 홀로 살다 가신 외로운 인생
맑은 물이 뚝뚝 떨어지는 정갈한 삶
어떤 상황에도 요동치 않으시던 담대함
늘 긍정적이고 감사가 넘치던 모습
평생 드린 새벽기도의 힘이라 믿는다
자식들 때문에
기도의 끈을 놓지 못하시던 어머니
자식들이 한결같이 하늘 아버지의 뜰에 살게 하셨다

성경도 못보고 무식한 기도라 하셨지만
어머니의 새벽 무릎의 힘은
소천하신 이후에도 우리 곁에 여전히 유효하다
여기저기 자손들이 풍성한 열매를 맺고 있다
곤고한 시간에 어머니의 기도가 한없이 아쉽고 그립다
이제 신앙도 내리사랑
나는 오늘 무릎으로 가는 어미가 되었다

엄마가 많이 그립다

엄마의 눈물을 보고 자랐다
엄마는 바다를 좋아하셨지만
소천하실 때까지 산자락에서 사셨다
채워지지 않는 외로움을 보았다
머리맡에 두신 아버지의 사진과
늘 무언의 대화를 하셨으리라
인생의 우울이 늘 붙어 있었다
허망함과 허무함을 끌탕으로 토해내곤 하셨다
딸자식의 힘으로는 절대 채울 수 없는 것들이었다
육체의 허약은 더욱 인생 비관자가 되셨다
돌이킬 수 없는 영육 빈곤한 모습으로 내려앉았다

생을 마감하는 시간이 다가옴을 직감하고
마지막까지 붙잡고 있던 종손 자존심을 꺾으셨다
구원자를 받아드리셨다
긴 딸자식의 기도와 간절함이 천국 길을 내어드렸다
불쌍하고 아프고 허무한 세월로 끝났을
한 여자의 인생
기도 끝에 닿은 구원의 손길로
해피엔딩 천국으로 이전하셨다
거기서 다시 만날 모녀의 시간을 기대한다
엄마가 많이 그립다

초자연적인 은혜

어떻게 이 땅에서 한 인간이

새로운 피조물로 거듭남이 가능할까

하늘의 능력을 받을 수 있을까

십자가 구원 사건이 복음으로 믿어질까

성경의 살아 역사하는 운동력을 믿을 수 있을까

그 창조자와 인격적인 관계가 가능할까

구원자와 연합과 연결이 가능할까

전혀 다른 차원의 삶으로 변화가 가능할까

주를 믿어 의인이 될 수 있음을 받아들일 수 있을까

초자연적인 은혜로만 가능한 일임을 고백한다

착한 일을 시작하신 이

선한 것 하나 없는
죄악덩어리인 내게
진정 흠이 없는
온전한 착한 분이 오셨다

아무것도 아닌 내게서
인류를 위해 목숨을 바친
구원자 그 존귀한 분이
착한 일을 시작하셨다

나를 변화시키시고
사랑을 부으시고
능력을 내려주시고
기름을 바르셨다

새로운 피조물로 빚으시고
너는 내 것이라 지명하셨다
자기를 부인하고 십자가를 지고 따르라
분부한 모든 것을 가르쳐 지키게 하라 하셨다

절대 신뢰

하나님의 독생자를 내어주신 사랑을
절대 신뢰합니다
우리를 향한 본심은 평안이지 재앙이 아님을
절대 신뢰합니다
하나님의 온전하시고 선한 성품을 절대 신뢰합니다
하나님의 영원불변의 약속을 절대 신뢰합니다
하나님의 선한 뜻과 계획을 절대 신뢰합니다
모든 것이 합력해 선을 이루시는 하나님의 섭리를
절대 신뢰합니다
우리 안에서 행하시는 선함을 절대 신뢰합니다
하나님의 주권적 은혜를 절대 신뢰합니다
하나님의 말씀 일점일획까지도 절대 신뢰합니다
하나님 나라 예수 그리스도의 복음을 절대 신뢰합니다

밀알 애가

밀알이 땅에 떨어져
죽어야 산다
죽어야 열매 맺는다
역설의 진리가 많이 슬프다
아프지만 옳은 길이라 가야 한다

죽는 아픔이
결국 많은 열매를 맺을 수 있다면
그 대가지불은 기쁜 일이다
첫 밀알로 주가 가신 십자가의 길
슬프고도 아름다운 길
기꺼이 따라간다

자기를 처절히 죽이고
주가 내안에 선한 씨가 될 때
선한 열매 풍성한 나무
주의 헌신이 내 안에서 살아난다
아프고도 선한 밀알이 되라 하신다
오늘도 그 말씀을 청종하여
밀알로 썩어져 가는 중이다

2부

사랑詩

목숨까지 내어 주고도
큰소리 한 번 치지 않는 사랑
끝까지 기다리시는 사랑

아버지의 옥토

내 마음은 아버지의 밭
아버지의 옥토가 되어
좋은 알곡 심고
풍성한 열매를 거두고 싶다
오직 아버지의 수고로 만들어 낸 땅
아버지의 옥토가 되고 싶다

메마른 땅
거친 돌을 거둬내고
무엇을 심어도 결실 좋은 땅
옥토가 되고 싶다
오래 기다리신 아버지의 노고가 베인 땅
아버지의 옥토로 사용되고 싶다

바보 같은 사랑

목숨까지 내어 주고도

큰소리 한번 치지 않는 사랑

끝까지 기다리시는 사랑

강요하지 않는 사랑

더 내어주지 못해 안달 난 사랑

목숨을 주어 죗값을 치러주시고

못 미더워 보혜사를 보내시는 사랑

다 탕진하고 돌아와도

탓하지 않고 받아주시는 사랑

본심도 모르고

욕하고 비난해도 감싸주시는 사랑

일희일비하는 변덕에도 끝까지 참아주시는 사랑

스스로 깨닫도록

수많은 장치로 도우시는 사랑

언제나 곁에서 동행하시며

이끌어 주시는 한없는 사랑

알아들을 때까지

세미한 음성으로 반복해 주시는 사랑

그 바보같은 사랑

아버지의 사랑

그 사랑은 지독했다

얼마나 사랑하면
아들의 생명을 내어줄 수 있을까
가슴이 미어진다
가슴이 저려온다
십자가에 매달린
그 아들의 찢겨지는 살과 피
짓이겨지는 아리고 저린 아버지의 마음
그 마음에 침을 뱉는 죄악덩어리
앞뒤 좌우 분간도 못하는 어리석은 인간들
그래도 끝까지 포기하지 못하고
그 사랑에 매달리시는 창조주 아버지
그 사랑은 지독했다
창조목적을 다시 꿈꾸신다
함께 낙원을 거닐고 싶으신
아버지의 그 사랑 그 마음
그 엄청난 대가지불
십자가
그 사랑은 지독했다

예측 가능한 길

인생은
우리의 예정대로 흐르지 않을 때가 많다
예상치 못한 일들이
삶을 송두리째 뒤바꿀 때가 있다
뜻을 세우고 계획은 하지만
하나님의 주권적 이끄심은 예측불허 같다

하지만 언제나 실수가 없으신
완전한 타이밍
말씀 안에 깨어있을 때
그 타이밍에 반응할 수 있다
사실 예측 가능하도록 수없이 말씀하고 계신데
늘 우리는 우리 방식대로 고집하다
예측불허라고 말한다

그분은 늘 우리 곁에서 함께하고 계신다
그리고 간섭하시고 말씀하고 계신다
들으려 하지 않고
자기중심으로 바라볼 때 늘 허사를 경험한다
사실 우리는 선악도 알고 순종 불순종의 결과도 안다

그분이 내 안에
내가 그분 안에 거할 때
우리는 많은 열매를 맺는다는 약속
그 진리 안에 거할 때
좁은 문 좁은 길을 따라갈 때
길이요 진리요 생명 되신
그분을 신뢰하므로 예측가능한 길을 간다

연합되고 연결될 때

그리스도가 내 안에
내가 그리스도 안에
연합되고 연결될 때
선한 빛이 나온다
내어주는 사랑을 할 수 있다
아름다운 열매를 맺을 수 있다

우리는 스스로 빛을 낼 수 없다
그분의 반사 빛을 낼 뿐이다
누구도 온전히 사랑할 수 없는 존재
돌배나무 같은 존재다
그리스도에 접붙임 되어 참배나무가 되었다
오직 잘 붙어있는 연습이 필요할 뿐이다

성장을 방해하는 것들

자기 애
자기 의
자기 연민
자아 도취 .....
성장을 방해하는 것들이다

내안에 내가 많이 산다
그것이 앞으로 나갈 수 없게 한다
내 발목을 붙잡고 있는 것들이
바로 나다
그리고 그분과 연합을 방해하는 것도
결국 자기다

구원의 은혜 뒤 할 일

나를 쳐내야만 성장한다

길이요 진리요 생명 되신 분에게

가까이 갈 수 있다

연합과 연결될 수 있다

그때야 비로소 풍성한 열매를 맺을 것이다

그 열매를 보면 안다

그 나무가 무슨 나무인지

그 열매를 보면 안다

그 가지는

자연스레 그 나무 열매를 맺는다

좋은 열매를 맺고 싶으면

좋은 나무에 접붙임 되면 된다

접붙임의 조건은

정결함이다

이물질이 있으면 접붙임을 할 수 없다

정확히 접붙임 되면

새나무의 새 열매를 맺는다

돌배나무가

참배나무 열매를 맺는 길이다

포도나무에 가지가 붙으면

많은 포도열매를 맺는 것이다

그 열매를 보면

그 나무를 안다

위대한 변화

교리로는 아무것도 변화시킬 수 없다
오직 그분의 보혈에 닿을 때
그분이 안으로 들어오실 때
전혀 다른 사람이 될 수 있다

우리는 스스로 빛을 낼 수 없다
오직 반사할 수 있을 뿐이다
우리는 스스로 내어주는 사랑을 하기 어렵다
오직 그분의 사랑을 받아야 흘러 보낼 수 있다

그 빛에 머물러야 한다
그 사랑을 넘치도록 받아야 한다
그럴 때 비로소 위대한 변화
그분의 빛과 사랑이 드러날 것이다

오직 십자가를 통과해야만
위대한 변화
기적을 경험할 것이다
주를 닮아가는 영광을 볼 것이다

소유자가 아니라 사용자

이 땅에 무엇이 내 것일까
맡긴 것을
잘 사용할 줄 아는 지혜가 필요할 뿐이다
소유를 우기는 순간
우리는 불행의 늪으로 빠진다
우리는 어린아이처럼 모두 내 것이라 우긴다
주인이 아닌데
주인행세를 하려면
엄청난 대가지불이 있다
소유는 반드시 책임이 따른다
우리는 결코 책임을 질 수 있는 존재가 아니다
결국 다 잃고 뒤늦게 알게 될 것이다

우리는 소유자가 아니라

그저 은혜로 사용권을 받았을 뿐이라는 것을

이 땅에 사는 날 동안

기쁘게 잘 사용하다가

기한이 되면 돌려드려야 한다

내 생명조차도 주인 것이다

우리는 소유자가 아니라 사용자다

믿음의 계단

믿음의 계단은
믿음의 선택으로 오르내린다
선택은 반드시 댓가지불이 있다
신중해야 한다
순종과 불순종의 차이는
생사를 가른다
주께로 향하는
믿음의 계단
선택으로 가는 길이다

지혜 예찬

지혜는 그 얻은 자에게 생명나무다
지혜로운 의 말은 양약과 같다
지혜로운 자는 사람을 얻는다
지혜의 오른손에는 장수가 있고
왼손에는 부귀가 있다

지혜는 하늘로부터 온다
지혜는 평생 사모하고 구해야 한다
지혜의 원천은 창조자 하나님이시다
이 땅의 최고의 지혜는 복음이다
간절히 찾는 자가 얻을 것이다

선한 자녀, 선한 제자

우리는 모방으로 시작합니다
엄마의 말을 따라하고
아빠의 몸짓을 배웁니다
다른 사람들의 행동을 모방하며 자랍니다

운동도 작은 동작부터
예술도 한 터치부터
기술도 작은 반복으로
고수들을 모방합니다
그리고 자신도 고수가 되어 가지요

사실 우리는
정작 닮아야 할 것을 가볍게 여깁니다
우리의 창조자 우리의 그리스도
하나님의 말씀과 마음과 사랑
완전하신 그분을 모방해야 합니다

그분의 형상을 닮아가고
그분의 말씀을 청종하고
그분의 마음에 우리의 마음을 얹어야 합니다

어느 날 그분의 선한 자녀가
선한 제자가 되어 가겠지요

십자가 보혈의 사랑
그분에게 흘러나온 능력과 지혜로
그분을 닮은 마음으로 세상을 품을 수 있겠지요
그분의 우리를 향한 선한 목적을 따라갑니다

연합과 연결

그리스도와
연합하고 연결되어야
하늘의 문이 열린다

그가 내 안에 거하고
내가 그 안에 거하면
사람이 많은 열매를 맺는다

그 연합을 위해
그 연결을 위해
십자가 보혈의 대가를 지불하였다

그 어린양의 피로
오래 닫힌 하늘 문이 열리고
창조목적 화목을 이루는 길을 내었다

그리스도와 연합과 연결
하늘의 꿈과 사명이 내려온다
심히 크신 은혜와 능력이 부어진다

전쟁 같은 이 세상
그리스도와 연합과 연결
오직 그 복음으로만 생명을 구할 수 있다

나는 길이요 진리요 생명이니
나로 말미암지 않고는
하나님께 올 자가 없다

약속을 지킬 수 없는 존재

아침저녁으로 바뀌는 마음
스스로 한 약속도 수시로 깬다
사람은 약속을 지킬 수 없는 존재
날마다 깨닫는다

약속을 지키시는 하나님
약속대로 이루시는 하나님
약속을 성취하시는 하나님
약속대로 오신 메시아 하나님

그 약속의 하나님만 절대 신뢰한다
오늘도 그 약속을 붙잡고 좁은 길을 간다
약속의 말씀이 성육신이 되어 오신 메시아
다시 오마 약속하신 그 말씀을 믿는다

전혀 다른 삶

죗덩어리였던 이 사람이
길이요 진리요 생명이신
예수 그리스도를 믿어
구원을 얻었습니다
예수의 십자가 보혈의 핏값으로
새 생명을 맞바꾸었습니다
예수를 인격적으로 만나
전혀 다른 새로운 피조물
그리스도인으로 변화되었습니다
하나님의 자녀가 되었습니다
그 은혜의 신비와 감격으로
오늘 전혀 다른 삶을 살고 있습니다
복음의 능력과 축복이
내 인생을 덮어 버렸습니다

사이를 좁히는 선택

아버지의 뜻과 계획
손에 잡히지 않는다
너무 어렵다고
우리의 시선은 자꾸만 세상을 향한다

아버지가 기대하는 선택이 있지만
자꾸만 빗나간다
정확히 어디가 문제인지도 잘 모르겠고
마음이 불편하다

아버지의 뜻과 계획이
가장 옳은 길이고
가장 선하다는 것을 잘 안다
하지만 우리의 육신과 안목이 자꾸만 흔들린다

아버지를 향하여 서기만 하면
우리에게 선한 뜻과 계획을 알려주신다
지혜와 능력을 부으신다
오늘도 아버지는 약속하신다

아버지의 기다림은
들끓는 욕구를 그분의 뜻에 복종시키는 일
그분이 주신 자유의지의 선한 목적은
결국 사이를 좁히는 선택이다

집중할 때 얻는 것

그리스도에
집중할 때 얻는 것

주권자의 능력
보혜사의 사랑
그분의 뜻
그분의 때
그분의 방법

그리스도가 내 안에
내가 그리스도 안에

집중할 때
연합과 일치
명중한다

순례자의 사랑

단순한 삶을 좋아합니다
늘 돌아갈 본향을 기억합니다

물 흐르듯 살아갑니다
지나치게 집착하지 않습니다
언제나 떠날 준비를 합니다
소유보다 오늘에 충실합니다
상처를 남기지 않습니다

단순한 삶을 좋아합니다
늘 돌아갈 본향을 기억합니다
후회 없이 온 마음으로 사랑합니다
아낌없이 다 내어 줍니다
순례자의 사랑은 결코 가볍지 않습니다

단물의 원천

오랜 아픔과 상처는
내게 쓴 뿌리가 되어
늘 안에서 도사리고 앉아 있었습니다

조금만 틈이 나면
그 쓴 뿌리는 쓴 물이 되어
주체할 수 없이 흘러 나왔습니다
이 쓴 물은 스스로 해결하기에
너무 오래 되어 체질처럼 박혀 있었습니다

이제 알았습니다
그것은 오직 나의 형질이 생기기전부터 아시는
나의 주인 그분만이 고칠 수 있다는 것을

그분의 말씀
그분을 향한 간절함
오직 그분을 향한 전심이
마중물이 되어
그분으로부터 나오는 단물이
나의 가슴 바닥까지 적실 수 있다는 것을

그분이 단물을 쏟아 부을 때
나의 오래된 쓴 물이 단물로 바뀔 수 있다는 것을
오직 그분의 사랑의 능력만이
단물의 원천이라는 것을 알았습니다

그분의 보혈
그 사랑의 단물만이
오래된 내 쓴 뿌리 그 쓴 물을
단물로 바꿀 수 있음을 알았습니다
내 안에 가득 차고 넘치는 그 단물이
이제 또 다른 쓴 물로 흘러가길 간절히 소원합니다

쉽게 사랑하기

내 것이라 욕심내지 않기
먼저 주고 기대하지 않기
그냥 기다려 주기
아낌없이 안아주기
그 모습대로 인정하기
그분의 사랑법 배우기

억지로 고치려 하지 않기
나에게 맞추라 하지 않기
너무 큰 의미를 두지 않기
마주 보지 않기
단점도 장점도 다 인정하기
그분의 도움 구하기

억지로 먹으라 하지 않기

서두르지 않기

사소한 것은 그냥 흘려보내기

잘 잊고 잘 웃기

잠잠히 함께 걷기

그분의 사랑 따라하기

가랑비처럼

네 안에서
필요할 때마다
무엇인가 간절히 하고 싶어지고
특히 주님에 대해 알고 싶고
말씀을 사모하는 마음을 주시고
소망을 주시는 분이
보혜사 성령께서 하시는 일이다

그때가
능력과 지혜
사랑과 긍휼
비전과 사명이
기름 부어지는 시간이다
때론 흘러넘치게
때론 가랑비처럼 촉촉하게

집중하면

더 선명하고

잘 느껴지고

더욱 깊이 깨달아진다

둘째 딸에게

하나님과 같이 작업을 해야
이 세상 사람들을
감동시키고
생명을 살리고
위로와 치유와 변화를 돕는
작품이 나온다

오직 예수 십자가 보혈의 공로로만
하나님과 화목할 수 있고
오직 그분에게서 오는
능력과 지혜
사랑과 긍휼
사명과 비전을 받을 수 있다

감사하고 기뻐하며
더욱 친밀하게 묻고 의지하고
도움을 구하고 동행해라
이 순간도 살아계셔서
우리와 교제하고
교통하시길 좋아하신다

꿀송이

영혼의 꿀송이 같이 달다
때론 심령을 쪼개는 비수다
때로는 영혼을 울리는 아름답고 슬픈 노래다

목마르고 지친 영혼에 내리는 사랑의 소나기다
어둔 밤을 홀로 지날 때 발의 등불이요 길의 빛이다
마땅히 행할 바를 알지 못할 때 나침반이다

혹여 썩고 잘못된 곳을 도려내는 칼이다
예리하게 마음의 생각과 뜻을 감찰하는 날선 검이다
영원한 진리를 깨닫는 지혜와 명철이다

어둠을 가르는 성령의 검이다
끝없는 광야 인생길에 위로의 단비로 내려진다
따뜻하고 다정한 목자의 음성이다

하나님의 사람으로 온전하게 만드는 성령의 감동이다
모든 선을 이룰 능력이다
영원불변의 약속의 말씀 곧 사랑의 아버지시다

절대 고독

긴긴 밤 그 분 앞에 홀로 흘린 눈물
생명의 단물이 되고
칼바람 불던 허허벌판을 지나
오랜 가뭄에도 걱정 없는
시절마다 과실을 맺는 생명나무가 되리라

눈물 섞인 밥을 먹는 설움은
그분 앞에 가난한 무릎이 되고
다 잃고 겪은 조롱과 고통
비바람 환란이 몰아쳐도 끄떡없는
단단한 생명나무가 되리라

죽음의 사선을 넘나들던
그 절대 고독의 광야
오랜 견딤은 큰 나무를 만든다
고난의 열매는 생명나무라
살리는 열매 풍성한 나무로 서리라

전심으로

좀 더 좋은 것을 드리고 싶었다
조금 더 사역의 완성도를 높이고 싶었다
더 높이 나는 모습을 보이고 싶었다
더 풍성하게 드리고 싶었다
아버지의 이름을 드높이고 싶었다

아버지가 나를 향한 기대라고 생각했다
조금씩 나아질 때는 자신감이 생겼고
잘 안될 때는 주눅이 들곤 했다
실패할까 노심초사했다
아버지는 잘 된 나를 기다리신다고 믿었다

하지만 아버지는 우리의 가난한 마음을 기뻐하시고
아버지와 독대하는 깊은 교제의 시간을 기다리셨다
많은 선물도 아니고 성공한 모습도 아니라 하신다
전심으로 진심으로 아버지 당신만을 구하는 것
아버지 사랑 안에 머물며
기뻐하고 즐거워하는 것이라 하셨다

그 얼굴

아버지의 손에 있는 것만 보았다
그것이 필요했다
오직 그것만
구하고 매달렸다

아버지가 보이지 않았다
자녀를 향한 간절한 마음을 느끼지 못했다
한 순간도 눈을 떼지 못하는 시선을
의식하지 못했다

자기 삶을 챙기기에 급급했다
아버지의 존재 그 얼굴을 구하길
애타게 기다리신다는 것을
미처 몰랐다

우리의 존재의 근원 아버지

모든 것의 주인이신 아버지의 사랑을 구하면

모든 것을 더하신다는 말씀을

이제야 조금 알 것 같다

비밀한 은혜

오직 가난한 마음에
주님의 크고 비밀한 은혜가 부어진다

오직 가난한 마음에
하늘의 기름부음의 축복이 내려온다

오직 가난한 마음에
변함없으신 영원한 사랑이 채워진다

오직 가난한 마음에
세상이 감당 못할 큰 권능이 주어진다

오직 가난한 마음에
보혜사 성령이 임재하신다

풍성한 공급

왜 공급을 끊으시는 걸까?
물질을 끊으시고
건강을 끊으시고
관계를 끊으신다

먼저는 주님과의 관계를 돌아봐야 한다
우리의 주권자 앞에 철저히
독대의 시간
깊은 고독한 묵상의 시간이 필요하다

주인의 자리에 새 주인을 세운 것은 없는지
죄악은 없는지
책무를 게을리 한 것은 없는지
시험과 훈련이라면 순응해야 한다

그리고 공급의 끊김에
절대 불평이나 불만은 금물이다
반드시 그 경험은 유익함을 믿어야 한다
견디고 기다려야 한다

옳지 않는 자리에서 돌이킬 것
절대 주권을 인정하고 가난해질 것
그리고 더욱 소자들을 돌아볼 것
그때 풍성한 공급, 반드시 이어질 것이다

아프고도 아름다운 길

오늘도 내가 갈망하는 길
축복의 길
능력의 길
건강의 길

끝까지 싸우며 가는 길
행복의 길
승리의 길
구원의 길

아 그 길은
오직 보혈의 십자가를 건너야 하는 길
그분의 고난의 십자가를 통해야 가는 길

아 아프고도 아름다운 길
그 사랑의 주님을 만나는 길
아버지가 계신 본향으로 가는 길

하늘 열쇠

십자가로만 열린다
독대하는 시간
마음을 감찰하시는 예리한 음성

무릎으로만 닿는다
보혈의 옷자락
길이요 진리요 생명 되신 어린양

은혜로만 얻는다
목 놓아 부른 이름 예수
하늘 열쇠

결국 사랑이었다

성공하고 싶었다
풍성한 관계를 기대했다
좋은 삶을 살고 싶었다

무엇이 문제일까
어디서 잘못된 것일까
왜 이리 어려운 것일까

얼마나 기다리면
얼마나 참으면
얼마나 몸부림치면

진리를 찾아 헤맸다
사람들의 의견을 물었다
무릎의 시간을 올렸다

결국 사랑이었다
나의 부족함
나의 결핍

거룩한 일

따뜻한 사람끼리 앉아 쨈 바른 빵을 먹는 일
간단히 차를 마시며 함께 일상 얘기를 나누는 일
가족이 먹을 김치를 담그는 일
잔디를 깎는 일
감자나 고구마를 재배하는 일
손님을 위해 음식을 정성껏 준비하는 일
거리에 물을 뿌리거나 청소하는 일
누군가의 이야기에 귀 기울이는 일
문상객이 되어 함께 아파하는 일
낯선 곳을 여행하며 타인의 문화를 이해하는 일

목에 땀이 흐르도록 운동하는 일

가족이 아닌 사람의 이름을 부르며 기도하는 일

다른 사람을 축복하고 칭찬하는 일

아이들에게 꿈을 갖게 하는 일

가슴이 시원하게 노래를 부르는 일

좋은 지인들에게 편지를 쓰는 일

자기 일에 최선을 다해 몰입하는 일……

−최복이 〈내가 두고 온 우산〉(2008) 중에서

그분의 사랑법

곤고한 골짜기를 혼자 걷게 하기
무거운 짐을 지고 언덕을 오르게 하기
넘어져도 혼자 일어나도록 내버려두기
울어도 못 들은 척하기
배고파도 참아내게 하기
목마름에도 외면하기
상처 입은 곳 혼자 아물게 하기
따돌림 당해도 몰라라 하기
고독하도록 혼자 두기

늘 동행하신다던 그분은 어디에……
등 뒤의 본심을 알면 통곡한다
독특한 그분의 사랑법
항상 뒤에 깨닫게 하신다

—최복이 〈사랑의 묘약〉(2006) 중에서

때론 시간이
필요하다

개정판   2019. 3

지은이   최복이

펴낸곳   도서출판 본월드

편 집   홍태경

디자인   나우커뮤니케이션

표지그림   서대철 작가

표지디자인   김찬영

주소 ┃ 07541 서울시 강서구 양천로 75길 31 본월드미션센터 3층

전자우편 ┃ tkhong@bonworld.co.kr

대표전화 ┃ 02-326-5406   팩스 ┃ 02-730-1559